Sylvie D

MAIS QUI VA TROUVER LE TRÉSOR?

Illustrations
de Daniel Sylvestre

la courte échelle
Les éditions de la courte échelle inc.

Les éditions de la courte échelle inc.
5243, boul. Saint-Laurent
Montréal (Québec) H2T 1S4

Conception graphique:
Derome design inc.

Révision des textes:
Odette Lord

Dépôt légal, 2e trimestre 1992
Bibliothèque nationale du Québec

Données de catalogage avant publication (Canada)

Desrosiers, Sylvie, 1954-

   Mais qui va trouver le trésor?

   (Roman Jeunesse; RJ 35)

   ISBN: 2-89021-175-4

   I. Sylvestre, Daniel.   II. Titre.   III. Collection.

PS8557.E8745Q58 1992   jC843'.54   C91-096935-3
PS9557.E8745Q58 1992
PZ23.D47Qu 1992

Sylvie Desrosiers

À part rire et faire rire, Sylvie Desrosiers passe beaucoup de temps à écrire. Elle rédige, à l'occasion, des textes pour d'autres médias et elle collabore au magazine *Croc,* depuis le début.

Certains de ses livres ont été traduits en chinois et en danois. En plus de la littérature jeunesse, elle a publié un roman pour adultes et deux recueils humoristiques. Et elle se garde, bien sûr, du temps pour voyager et faire de longues promenades avec son chien Mozart.

Mais qui va trouver le trésor? est le huitième roman qu'elle publie à la courte échelle.

Daniel Sylvestre

C'est bien jeune que Daniel Sylvestre s'est mis à dessiner. Et ce goût ne l'a jamais quitté, puisqu'il est devenu illustrateur. Il a travaillé à des films d'animation, il a fait de l'illustration éditoriale pour des revues comme *Châtelaine, L'actualité* et *Croc,* du travail graphique et des affiches publicitaires. Bref, il s'amuse en travaillant et il amuse, par le fait même, petits et grands.

Daniel Sylvestre a reçu le prix Québec-Wallonie-Bruxelles pour *Je suis Zunik* et a été plusieurs fois finaliste du prix du Conseil des Arts.

Et pour ajouter encore quelques cordes à son arc, il joue de la guitare.

Mais qui va trouver le trésor? est le sixième roman qu'il illustre à la courte échelle, en plus des huit albums de la série Zunik et des couvertures de la série des Inactifs.

De la même auteure, à la courte échelle

Collection Roman Jeunesse

Série Notdog:

La patte dans le sac
Qui a peur des fantômes?
Le mystère du lac Carré
Où sont passés les dinosaures?
Méfiez-vous des monstres marins

Collection Roman+

Quatre jours de liberté
Les cahiers d'Élisabeth

Sylvie Desrosiers

MAIS QUI VA TROUVER LE TRÉSOR?

Illustrations
de Daniel Sylvestre

la courte échelle

Les éditions de la courte échelle inc.

Chapitre I
Le mot de la fin

La vieille Bernadette Lague a de la difficulté à écrire tellement sa main est froissée par son grand âge. Mais elle s'applique à chaque lettre pour que son écriture soit la plus lisible possible.

De temps à autre elle s'arrête, réfléchit au mot juste et l'écrit en l'épelant tout bas. À d'autres moments, elle mâchouille le bout de son crayon. Et un rire discret vient alors briser le silence de sa chambre.

Il est presque vingt-deux heures lorsqu'elle a enfin terminé ses deux lettres. Car il y en a deux.

Elle les relit attentivement pour être bien certaine qu'il n'y manque rien. Satisfaite, elle met la première lettre dans une enveloppe jaune à fleurs rouges. Elle écrit le nom du destinataire en lettres moulées, cachette l'enveloppe et la laisse sur la table.

Elle met ensuite la deuxième lettre dans une enveloppe en tous points semblable à la première. Puis elle se lève, va ouvrir la fenêtre. Une bonne odeur de printemps remplit l'air, dans cette semaine de Pâques du début d'avril. Elle lance l'enveloppe dehors et la regarde quelques instants voleter jusqu'à ce que le vent l'emporte au loin.

Finalement, elle fait sa toilette et couche ses cent ans fatigués.

Le lendemain matin, Bernadette Lague était morte, un drôle de petit sourire figé sur ses lèvres froides.

Chapitre II
En avril, ne te découvre pas, ma fille

— Dépêche, Jocelyne! On va être en pétard!

— En retard, John, pas en pétard, le corrige Agnès, comme elle le fait chaque fois que John fait une erreur de français. Ce qui veut dire toutes les trois phrases ou presque.

— Si tu ne te grouilles pas, on va manquer l'autobus, renchérit-elle.

Agnès, c'est la jolie rousse qui porte des broches*. Et John, c'est l'Anglais blond à

---

*Appareil orthodontique.

lunettes rondes. Tous les deux s'impatientent devant la lenteur de Jocelyne, la brune rêveuse, qui est en train de finir sa valise en maugréant. Ils ont tous les trois douze ans.

Jocelyne a déjà tout fait pour gagner du temps et ne pas partir. Elle a d'abord fait semblant d'avoir perdu tous ses vêtements. Mais son oncle Édouard, chez qui elle vit depuis la mort de ses parents, les a retrouvés, cachés derrière la laveuse.

Puis elle a simulé de grosses crampes au ventre. Mais Édouard lui a dit que ça se guérissait par le grand air.

En désespoir de cause, elle a appelé ses amis à son aide. Mais ô surprise! au lieu de la sortir de ce mauvais pas, Agnès et John ont trouvé que c'était une bonne idée et ils ont décidé d'y aller avec elle: Jocelyne ira donc passer les vacances de Pâques dans un camp de vacances pour les jeunes. Ô horreur!

Coucher dans des lits de camp humides qui grincent ne l'enchante pas du tout. Ni manger du pouding au riz ou pire encore, des légumes! Yark! Très peu pour elle. Mais l'oncle Édouard est persuadé que ça lui fera du bien, comme tous les parents qui ne sont jamais allés dans un camp de vacances.

Son oncle étant donc inflexible et ses amis s'étant rendus coupables de trahison, Jocelyne a finalement accepté l'épreuve, mais à une condition: que Notdog, le chien le plus laid du village, son chien, l'accompagne.

La directrice du camp, Mme Ducamp, s'est fait tirer l'oreille. Mais elle a décidé qu'elle préférait une enfant accompagnée d'un chien qui paye plein tarif, plutôt que pas d'enfant et de revenus du tout.

En pliant son pyjama en flannelette, Jocelyne marmonne:

— Le Camp Puces! On voudrait donner un nom plus niaiseux que ça, on chercherait longtemps!

— C'est vrai que ce n'est pas génial comme nom, dit Agnès.

— Tu vois, tu es d'accord qu'on ne devrait pas y aller.

— Une minute là! Je n'ai pas dit ça! Moi, j'en ai très envie. Même que ça fait pas mal mon affaire de me débarrasser de ma soeur pour une semaine. Elle est somnambule ces temps-ci. Hier, elle est venue dans mon lit et se pensait dans une glissade d'eau.

John, tout content de partir lui aussi, trouve que son amie exagère:

— Je ne te comprends pas, Jocelyne; on dirait que tu t'en vas à un éternuement!

— Enterrement, John, pas éternuement! le reprend Agnès.

— Ah oui! au fait, en parlant d'enterrement, saviez-vous que Mme Lague est morte il y a deux jours? demande Jocelyne, pas fâchée de changer de sujet.

— Mme Lague?! Oh non! Elle était tellement drôle! Mais c'est vrai qu'elle devait avoir au moins deux cents ans, dit Agnès.

— Moi, je dirais deux cent soixante-quinze, précise John.

Mais voilà que la voix de l'oncle Édouard leur arrive du dehors, accompagnée d'un klaxon d'auto:

— Il n'y a plus de temps à perdre! Dégrouillez, en dedans!

Jocelyne boucle enfin sa valise. Il ne manque que Notdog. Elle sort sur le balcon et l'appelle mollement en espérant qu'il ne l'entende pas: on ne sait jamais, ça lui éviterait peut-être le camp à la dernière minute. Malheureusement, Notdog accourt, tout content et tout couetté, comme d'habitude. Mais il a quelque chose dans la gueule. Jocelyne se penche.

— Tiens, une enveloppe. *À qui trouvera cette lettre.*

Elle n'a pas le temps de l'ouvrir, car Édouard a déjà démarré la voiture. Elle la glisse dans une poche de son manteau mauve fluo. Découragée, elle saute dans l'auto et roule vers l'autobus, le Camp Puces et de drôles de retrouvailles.

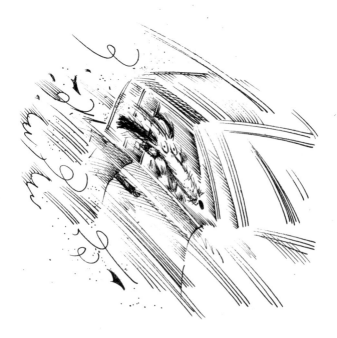

Chapitre III
Rencontre
du quatrième type

Bob Les Oreilles Bigras est d'humeur plutôt maussade. Le motard local doit en effet commencer à purger sa peine pour avoir volé son millième beigne à l'érable. Bob Les Oreilles n'est pas bien méchant. Voleur, menteur, profiteur, oui. Mais pas dangereux.

Les beignes à l'érable, c'est sa passion, son vice, même son esclavage! C'est plus fort que lui: chaque fois qu'il en voit un à travers une vitrine, il est attiré comme un chien par une borne-fontaine. Et, puisqu'il n'a jamais travaillé de sa vie, ce dont il est très fier, il n'a donc jamais d'argent.

Alors, il en vole.

Le chef de police, qui a, lui aussi, une petite dent sucrée, s'arrête souvent au magasin de beignes. Et combien de fois a-t-il pris Bob Les Oreilles la main dans... le plateau!

Cette fois-ci, la juge de la cour municipale, Emma Gistrat, a décidé d'imposer une sentence exemplaire. Au lieu de l'envoyer en prison, ce à quoi il est habitué, elle l'a condamné à faire cent heures de travail communautaire.

«Fiou! C'est pas si pire. Ça fait même pas trois semaines complètes!» a pensé Bob, résigné, au moment de la lecture de la sentence. Mais la juge a ajouté:

— ... cent heures de travail communautaire dans un camp de vacances pour les jeunes.

En entendant cela, Bob Les Oreilles Bigras n'en a pas cru ses oreilles, justement. Et il s'est jeté à genoux en suppliant:

— Non! Pas avec les enfants! S'il vous plaît, madame la juge! Envoyez-moi en prison, à la place! Ou abandonnez-moi tout nu sur une banquise! N'importe quoi, mais pas ça! J'haïs les enfants! Je peux pas les sentir, même avec mon grand nez!

Mais le verdict était rendu et il n'y avait pas à revenir là-dessus.

Le voici donc dans un petit chalet-dortoir où il est en train d'essayer de faire les lits. Il parle tout seul:

— Bon, de quel bord ça va, cette couverte-là, en dessous ou au-dessus du drap? Bon, assez niaisé, mettons que c'est de même.

Et Bob Les Oreilles fait les lits tout de travers. Sa tâche terminée, il regarde sa montre Mickey Mouse:

— Bon, une heure de faite. Il en reste juste quatre-vingt-dix-neuf, astheure.

C'est alors que la voix de sa patronne l'appelle du dehors:

— Bob! L'autobus arrive! Viens nous aider pour les bagages!

À reculons, Bob se dirige vers le chalet principal. Devant l'entrée, quatre moniteurs attendent la cargaison de jeunes. Il s'agit de Dominique, Réal, Mireille et Fabien, que tout le monde appelle Do Ré Mi Fa. Derrière eux, les deux mains dans les poches de ses jeans trop grands, se tient la patronne, Mme Ducamp.

Elle est ronde et ses joues sont éternellement rouges. Elle a le bout des cheveux noir et le dessus de la tête gris, ce qui lui donne une allure de mouffette. Toujours en chemise à carreaux, elle n'est pas du tout pointilleuse. Un peu chialeuse, cependant, mais pas du tout achalante.

Bref, Bob Les Oreilles pense qu'il est chanceux d'être tombé sur elle. Et que mis à part le fait qu'elle a la manie de vouloir parler avec les esprits, elle est tout à fait correcte.

Il s'arrête près d'elle en même temps que l'autobus jaune. Une dizaine de jeunes en descendent en courant, devant le regard méprisant de Bob. Mais arrive ce qui devait arriver: quand Bob voit Agnès, Jocelyne, John et Notdog, son visage pas rasé depuis trois jours devient blanc, puis vire au mauve.

Agnès est la première à l'apercevoir:

— Tiens! Bob Les Oreilles Bigras! Qu'est-ce que tu fais là?

Il est soudain pris de convulsions, se jette à terre et pique une crise de nerfs en frappant de toutes ses forces dans une flaque d'eau sale. Notdog grogne. Jocelyne l'arrête:

— Voyons, Notdog, c'est juste Bob Les Oreilles Bigras. Mais qu'est-ce qu'il a? Il est malade?

— Pour moi, c'est une crise de Pepsi, dit John très sérieusement.

— Épilepsie, John, pas Pepsi, le reprend Agnès.

C'est alors que Mme Ducamp intervient:

— Bon, ça suffit. Tu n'as pas deux ans! Allez, debout Bob.

Il se relève en reniflant:

— C'est pas juste! O.K. pour le travail communautaire. O.K. pour les enfants. Mais PAS EUX AUTRES!

— Et pourquoi donc? demande la directrice.

— Par-ce-que... Je veux rien savoir de ces microbes-là.

Il boude. Devant les yeux étonnés de Mme Ducamp, Agnès éclaircit un tout petit peu les choses:

— Euh! disons qu'on a souvent eu affaire à Bob et que, bien, ça s'est toujours mal terminé pour lui.

— Parfait alors! s'écrie Mme Ducamp. Comme ça, vous pourrez surveiller son travail. Je me présente, Mme Ducamp, directrice. Bienvenue au Camp Puces.

L'autobus s'est maintenant vidé des

vingt-trois jeunes qu'il transportait. Déjà, un tout-petit pleure en gémissant:

— J'veux retourner chez nous! J'haïs ça ici!

Et Do le prend tendrement dans ses bras pour le consoler, mais elle est accueillie par un violent:

— Lâche-moi, bon!

Dégoulinant, Bob décharge les bagages pendant que Ré, Mi et Fa vérifient la liste des inscrits. Mais leurs voix disparaissent soudain derrière un bruit de moteur. Apparaît une grosse voiture noire couverte de la boue qui recouvre les routes en terre

à la fonte des neiges. Un homme à l'air triste en sort. Il a des yeux de chien battu et tient une mallette noire. Il s'agit du notaire du village, Jessie D. Pression.

Il s'avance, sérieux, car Jessie D. Pression ne sourit jamais. Il est toujours malheureux, même lorsqu'il n'a pas de raison de l'être. Et il soupire plus qu'il ne respire. Il y va d'un bonjour faible et tend sa main molle à Mme Ducamp.

— Ah, vous voilà enfin! dit-elle.

Elle l'invite à venir dans son bureau. Mais avant de la suivre, le regard du notaire s'attarde longuement sur Jocelyne. Puis il disparaît avec la directrice qui se retourne juste avant d'entrer:

— Bob, tu vas venir éplucher les patates maintenant.

La mine basse, le casque de moto qu'il porte jour et nuit retombé sur ses yeux, Bob s'exécute. Il marche en traînant ses bottes détachées et il marmonne:

— Pourquoi que c'est toujours à moi que ça arrive des affaires de même?

De leur côté, Do Ré entraînent la moitié des enfants vers le chalet vert. Et Mi Fa l'autre moitié, dont les inséparables font partie, vers le chalet jaune où on trouve six chambres à deux lits. Les cloisons de lattes de bois sont parsemées de morceaux de kleenex blancs qui bouchent des trous permettant de voir dans la chambre d'à côté.

Jocelyne et Agnès partagent la même chambre, et John occupe celle d'en face, tout seul. Car c'est lui le vingt-troisième pensionnaire.

— Les lits sont faits tout de travers, observe Agnès en déposant sa valise. Notdog saute joyeusement d'un lit à l'autre. En enlevant son manteau, Jocelyne voit dépasser de sa poche la lettre que Notdog lui a apportée. Elle l'avait complètement oubliée. Elle s'assoit sur le lit:

— Viens voir, Agnès.

Elle décachette l'enveloppe et commence à lire.

À celui ou celle qui trouvera cette lettre, j'ai pour vous un trésor encore plus précieux que de l'or...

***

Dans son bureau, Mme Ducamp est furieuse.

— Qu'est-ce que c'est que cette histoire de fou!? Non, mais pour qui elle se prend, Bernadette Lague? Elle est à peine enterrée que déjà elle me fait du trouble. Franchement! Me demander de trouver mon héritage en me lançant à la chasse au trésor! Je n'ai pas juste ça à faire, moi.

Elle jette la lettre sur la table aux pattes inégales et tourne alors le dos à Jessie D. Pression qui garde un calme absolu.

— Me faire ça à moi! Sa filleule! Moi qui ai toujours été fine avec elle! Je vais lui dire ma façon de penser, moi, à ma tante Bernadette!

— Euh! si vous me permettez, ce sera difficile, puisque votre tante est décédée, rappelle le notaire.

Elle se retourne vivement:

— Vous croyez ça? Sachez, monsieur D. Pression, que je communique avec les morts, moi!

— Vous?

— Oui, moi. Avec l'aide de ma voyante italienne. Ou de ma médium, plus précisément, la fameuse Mme Pizza.

Un triste sourire éclaire un instant le visage du notaire:

— Mme Pizza, médium. Hi-hi-hi!

— Je ne vois pas ce que ça a de drôle.

— Excusez-moi.

Mme Ducamp prend trois bonnes respirations pour se calmer:

— Non, mais ça ne se peut pas! Des indices complètement farfelus. Morte, elle est encore plus maniganceuse qu'elle l'était vivante! Elle ne l'emportera pas en paradis!

— À mon avis, elle y est déjà, au paradis, murmure le notaire.

— C'est ce qu'on va savoir, et pas plus tard que ce soir. On va voir si vous allez encore trouver ça drôle...

— Moi? Qu'est-ce que j'ai à voir là-dedans? Justement, ce soir je voulais aller voir un film très triste qui...

— Oubliez le film, j'ai besoin de vous. Avec vous, moi et Mme Pizza, il ne manque qu'une personne pour faire une séance de spiritisme...

***

1. *Il faudra d'abord vous rendre à l'Insecte Sauteur.*
2. *Marcher est très bon pour la santé, même si on voyage en tempête.*
3. *Surtout qu'à un moment donné, on pourra récupérer.*
4. *Une fois bien reposé, on prend les*

choses à coeur.

5. *Et on suit le chemin du travail.*
6. *À l'étape, j'en mangerais bien un biscuit.*
7. *Mais je devrai me contenter de l'eau.*
8. *Vous serez alors au courant mais devrez aller jusqu'au bout de la corde.*
9. *Puis la première étoile piquera votre curiosité.*
10. *Et c'est le castor qui révélera mon trésor.*

— Complètement, totalement et absolument incompréhensible, constate Agnès, les yeux toujours rivés sur la lettre que tient encore Jocelyne.

— Moi, je pense que c'est une bague, dit John qui les a rejointes.

— Une blague, John, pas une bague, le reprend Agnès.

Jocelyne, elle, est d'avis contraire:

— Moi, je pense que c'est sérieux. Incompréhensible, mais sérieux. Pourquoi quelqu'un aurait-il écrit ceci pour blaguer? Comme c'est Notdog qui a trouvé la lettre, la personne n'aura pas la satisfaction de voir la tête des gens qui l'ont

ramassée. Non, pour moi, c'est sérieux.

— D'accord, peut-être. Disons que c'est sérieux. Qu'est-ce qu'on fait à partir de là? demande John.

— Je n'en ai pas la moindre idée, répond Agnès.

La porte s'ouvre. Et Bob Les Oreilles fait une entrée tapageuse, une pile de couvertures grises dans les bras. Il leur en lance deux et prend un air hautain:

— Heille, les flots: désolé, mais comptez pas sur moi pour le feu de camp d'à soir. Parce que Bob Les Oreilles a quelque chose de plus important à faire que de téter avec une gang de morveux. Heille, me vois-tu? Moi, Bob Les Oreilles Bigras en train de chanter des niaiseries autour d'un feu en mangeant du *marshmallow* brûlé?! Y a toujours ben un boutte!

— Et en quel honneur tu nous abandonnes? Tu retournes en prison? ricane Jocelyne.

— On me niaise? Eh bien non, je ne retourne pas en prison: je vais communiquer avec l'au-delà, moi!

— À frais virés? pouffe Agnès.

— Riez tant que vous voulez. Mais ce soir, je vais parler aux esprits! Je suis invité à une séance de spiritisme avec la fameuse médium, Mme Pizza.

— Où ça? Au restaurant italien? éclate John.

Bob Les Oreilles hausse les épaules de dédain. Il voit la lettre ainsi que l'enveloppe jaune à fleurs rouges et il pense: «J'haïs donc ça, ce genre de papier-là. Je me demande pourquoi ils font pas de

papier à lettres avec des motos dessus.»
Il tourne les talons et, juste avant de sortir, il lance:

— Ah oui! ce soir au menu, il y a du boeuf aux légumes et du pouding au riz pour dessert. Bon appétit, les microbes!

Jocelyne soupire:

— Je le savais, je le savais que je n'aurais pas dû venir...

Chapitre IV
I-au-delà-Iti

Jocelyne n'a mangé que du pain. Il est dix-neuf heures et le soir tombe, effaçant les contours de toutes choses, déjà bien imprécises à cause de la brume légère qui flotte dans l'air.

Dehors, Notdog a un plaisir fou à courir dans la boue, alors que ses amis se dirigent vers le feu de camp. La plupart des pensionnaires y sont déjà et ils entendent crier le petit qui voulait s'en aller:

— J'ai froid! J'suis gelé! J'veux que ma mère vienne me chercher!

Ils passent devant le bâtiment en bois rond quand une voiture ancienne s'immobilise près d'eux. La portière du côté du conducteur s'ouvre à l'envers et une dame d'un certain âge en descend dignement. Elle est très maquillée, assez petite et pas mal échevelée. Elle porte une grande cape rouge, des bottes noires en caoutchouc et des boucles d'oreilles grosses comme des Frisbee.

— Qui c'est ça? Elle a l'air sortie d'un film de vampires! dit tout bas Jocelyne.

— Elle a peut-être son cerfeuil dans le coffre, suggère John.

— Son cercueil, John, pas son cerfeuil, le corrige Agnès.

Sans les regarder, la tête haute et la cape traînant dans la boue, elle passe devant eux, monte les escaliers et entre. Curieux, les inséparables s'approchent de la grande fenêtre du salon qui donne sur la véranda. À l'intérieur, Mme Ducamp fait les présentations:

— Ma chère voyante, Mme Pizza, voici Jessie D. Pression, notaire, et Bob Les Oreilles Bigras, euh..., animateur de groupe.

Mme Pizza se prend le front à deux mains:

— Je vois que monsieur D. Pression a des problèmes de mélancolie; et que monsieur Les Oreilles machin en a avec la justice...

— Comment savez-vous que je suis un tantinet mélancolique? demande le notaire, surpris.

— Je suis voyante, monsieur, même si vous n'y croyez pas.

— Moi, j'aimerais donc ça être de même pis voir la police venir de loin... s'exclame Bob. Coudonc, ça sent ben le miel ici tout à coup...

— C'est mon parfum, Eau de miel. Vous aimez? demande Mme Pizza.

Mais Mme Ducamp coupe court aux politesses:

— On commence la séance? Tout est prêt dans la salle à manger.

— Je prendrais un thé des bois avant, pour me mettre dans l'atmosphère.

Et Mme Pizza se cale dans un fauteuil mou.

Passionnée de surnaturel, Jocelyne propose à ses amis:

— On y va?

— Où ça? demande John.

— Mais à la séance!

— On n'est pas invités, précise Agnès.

— Et après? On peut se cacher! Vite, avant qu'ils s'installent.

Avant que ses amis protestent, elle est déjà entrée.

***

À une extrémité de la grande salle à manger, il y a une table ronde réservée à la directrice et aux moniteurs. Dessus, une nappe à carreaux, du papier, un crayon et le testament de Bernadette Lague. Autour, s'installent la médium, le notaire, la directrice et Bob Les Oreilles.

Au-dessus d'eux, une simple ampoule jette un éclairage un peu cru. Non loin de là, une longue table recouverte d'un drap: c'est le comptoir où les pensionnaires vont habituellement se servir à manger. Dissimulés dessous, les inséparables écoutent.

— Joignez vos mains, ordonne la médium, qui ferme les yeux.

Mme Pizza penche la tête à droite, à gauche. Elle prend de grandes respirations. Elle penche la tête en arrière, en avant. Puis s'immobilise. Chacun la regarde attentivement en tenant les mains de ses voisins, osant à peine respirer pour ne pas troubler le grand silence.

La médium donne l'impression de dormir. On dirait même qu'elle ronfle. Mais elle commence à haleter, de plus en plus fort, soulevant par à-coups sa grosse poitrine. Elle parle:

— Bernadette, Bernadette Lague, je t'appelle. Je sais que tu n'es pas loin, car tu viens tout juste de nous quitter. Reviens vers nous, ta nièce veut savoir.

Silence.

— Bernadette, je sais que je te dérange dans ton sommeil éternel, mais c'est important. Je t'attends.

Silence.

Soudain, la médium ouvre les yeux.

— Je sens une présence, plusieurs présences autour de nous. C'est étrange, Bernadette Lague avait cent ans, mais je sens des présences jeunes, on dirait des enfants, oui, des jeunes.

Les inséparables laissent vite tomber le drap qu'ils avaient soulevé pour mieux voir. Sans qu'un son sorte de la bouche de John, on peut lire sur ses lèvres:

— Elle nous a vus?

Les filles font signe qu'elles ne le savent pas. Et Jocelyne regrette d'avoir amené Notdog, pourtant tout à fait immobile.

Mme Pizza reprend, en criant presque, les yeux soudain sortis de la tête:

— Es-tu là, Bernadette? Est-ce toi que je sens? Toi qui as toujours été jeune de coeur? Si tu es là, frappe trois coups.

Le vent se lève. Et on entend toc! toc! toc! venant on ne sait d'où. Puis un autre toc! venant de la tête d'Agnès qui se frappe contre la table.

— Pourquoi quatre coups, Bernadette? demande la médium.

— Probablement parce qu'elle a toujours fait à sa tête, répond la directrice.

Agnès se tient la tête à deux mains. Elle aura un beau bleu sur le front demain.

Tout à coup, Mme Pizza s'affole:

— Elle est là! Parlez-lui! Elle écoute!

La médium saisit le papier et le crayon pour écrire les réponses qui viendront à travers elle. L'ampoule se balance. Mme Ducamp, en colère, demande:

— Ma tante Bernadette, veux-tu bien me dire ce qui t'est passé par la tête? Est-ce que je méritais ça? Moi qui me suis toujours occupée de toi... Comment veux-tu que je trouve mon héritage avec des indications incompréhensibles? Es-tu virée folle? Je veux savoir tout de suite où tu l'as caché! M'entends-tu!?

La médium écrit sans arrêt. Mme Ducamp continue:

— J'espère que tu as déjà rencontré maman en haut et qu'elle te chicane pour ça! Elle avait beau avoir presque vingt ans de moins que toi, elle était sérieuse, elle, au moins!

La médium écrit toujours.

— Arrête de niaiser là, s'il te plaît. Dis-moi sagement où tu as caché mon héritage et je vais te faire chanter une messe.

Mme Pizza commence à ralentir:

— Bernadette fait signe qu'elle veut repartir. Avez-vous une dernière question avant qu'elle s'en aille?

— Comment ça, déjà repartir! Elle fait exprès! Dix messes! Dix messes que je vais te faire chanter, ma tante!

— Vite, je sens qu'elle s'en va!

— Comment c'est, en haut? demande la directrice.

Le vent souffle, un battant de la fenêtre claque, les rideaux se soulèvent et Bob Les Oreilles bâille, déçu. Il aurait aimé demander s'il y a des beignes à l'érable au paradis.

Épuisée, à bout de souffle, Mme Pizza dépose son crayon, referme les yeux. Elle balance la tête à gauche, à droite, en avant, en arrière. Elle prend de grandes respirations qui finissent en un râle. Le vent cesse tout à coup. Et la médium ouvre les yeux:

— C'est fini. Mais je sens encore des présences jeunes.

— Normal, c'est un camp de vacances, conclut la directrice, pressée de prendre connaissance des écrits.

Elle les saisit, les lit, puis rougit:

— Mais enfin, elle rit de moi! Elle me répète que tout est dans le testament! Dans les indices! Et même pire: elle dit qu'il y a deux testaments identiques! Et que l'héritage ira au premier qui va trouver le trésor!

— Et de l'au-delà, que dit-elle? demande timidement le notaire.

— Ceci.

La directrice tend une feuille où il n'y a qu'un long hi-hi-hi! Comme un rire.

C'est à ce moment-là seulement que Bob Les Oreilles s'est rappelé que traînait sur le lit de Jocelyne une enveloppe identique à celle contenant ce testament-ci.

***

La nuit a été longue.

Après avoir relu douze fois la lettre et surtout cherché à en comprendre les indices, Jocelyne a mis du temps à s'endormir. Et son sommeil ne fut pas reposant du tout. Car elle a rêvé qu'elle était coincée sous une table et qu'elle était entourée de mille paires de jambes qui la cherchaient. Étouffée par ce mur de mollets, elle sentait son coeur battre si fort qu'elle avait peur qu'ils l'entendent.

Elle voyait bien une issue, tout au bout de la longue, longue table, mais une force terrible la retenait clouée sur place. Chaque mouvement qu'elle essayait de faire prenait au moins cent ans, comme si son corps pesait une tonne.

John, lui, a rêvé qu'il parlementait avec des esprits malins. Il essayait de les convaincre de le laisser partir en leur expliquant qu'il ne leur voulait pas de mal. Mais les mots sortaient tout de travers. Comme dans la réalité. Il voulait dire: «Je ne vous ferai pas de mal.» Mais ce qui sortait de sa bouche était: «Je vous étoufferai au bal.»

Il se réveillait parfois en sueur, mais Notdog était là pour le rassurer. Jocelyne lui avait prêté son chien, car John était seul dans sa chambre.

Agnès, quant à elle, entendait des portes grincer, des tiroirs s'ouvrir, des pieds buter contre des meubles. Elle s'endormait, se réveillait, se rendormait et ne savait plus très bien si tous ces craquements, grincements et bruissements étaient réels ou cauchemardesques.

Elle se sentait entourée d'esprits vengeurs et elle avait si peur qu'elle n'osait même pas se retourner dans son lit. L'air froid qui pénétrait alors sous les couvertures la faisait frissonner encore plus.

Le lendemain matin, le temps était partiellement couvert et assez frais.

L'enveloppe à fleurs et son contenu avaient disparu. Celle de Mme Ducamp s'était aussi volatilisée. Et Bob Les Oreilles Bigras était introuvable.

Chapitre V
Ça ne fait pas l'ombre d'un doute qu'il y a toujours un doute

— Hum, c'est bon! dit John.

— C'est copieux! ajoute Agnès.

— Ça me dégoûte, ronchonne Jocelyne, jouant dans son assiette de choucroute sans prendre une bouchée.

Dans la grande salle à manger, il est midi et demi. Et il n'y a plus traces de l'esprit de Bernadette Lague. Seulement deux douzaines d'enfants qui se divisent en deux groupes: ceux qui aiment la choucroute et ceux qui la détestent.

Notdog attend patiemment à côté de

Jocelyne que sa maîtresse lui refile son assiette. Il l'engloutira en quinze secondes, ravi qu'elle soit si difficile, car il hérite alors de tout. Au moment où elle se rabat sur son jello rouge pour se nourrir un peu, Mme Ducamp les rejoint enfin:

— Désolée de vous avoir fait attendre, mais il fallait absolument que je m'occupe de l'épicerie. On va vous servir un bon filet de turbot ce soir.

Jocelyne a un haut-le-coeur. Mais la directrice ne remarque rien et reprend:

— Bon, récapitulons. Vous avez assisté à la séance d'hier, cachés sous la grande table. C'est donc pour ça que Mme Pizza sentait des présences jeunes. Elle est vraiment excellente médium, mais enfin bref. Ensuite...

— On est ressortis sans que personne nous voie, puisque vous étiez retournés au salon, enchaîne Agnès.

— Oui, bien. Et une fois de retour à vos chambres...

— Non, avant, juste en sortant, j'ai regardé sur la table et j'ai vu que l'enveloppe à fleurs ressemblait à celle que Notdog m'a rapportée, précise Jocelyne.

— Après, on s'est assurés que la nôtre était identique et on a décidé de venir vous la montrer ce matin, dit Agnès.

— On était bien contents d'avoir la deuxième lettre; ça vous simplifiait beaucoup les choses, poursuit John.

— Et je suis ravie que vous soyez venus m'avertir. D'autres auraient gardé le silence et probablement le trésor. On ne peut se fier à personne de nos jours, aucune générosité! s'enflamme Mme Ducamp.

Jocelyne proteste:

— Euh! ce n'est pas si pire que ça. Il y a des gens généreux: mon oncle Édouard et Steve La Patate et le Chef et même Dédé Lapointe; enfin au village il y a plein de gens honnêtes et gentils et...

Mme Ducamp la coupe:

— Oui, bon, d'accord, mais revenons à nos moutons. Donc, lorsque vous avez voulu venir me voir, ce matin, votre lettre avait disparu. Et la mienne aussi.

— Ainsi que Bob Les Oreilles Bigras, termine John.

La directrice frappe son index contre sa bouche en réfléchissant. Puis:

— Il y a au moins une bonne nouvelle: vous aviez la deuxième lettre. Un problème de réglé. Par contre, je n'en ai pas de copie. J'ai vérifié auprès du notaire, il n'en a pas, lui non plus. Il va falloir mettre nos têtes ensemble pour bien nous en souvenir. Il faut battre Bob de vitesse avant qu'il trouve l'héritage, car c'est évidemment lui, le voleur.

— Oh! Je ne serais pas si pressée que ça. Ça me surprendrait beaucoup que Bob Les Oreilles réussisse à déchiffrer les indices. Ce n'est pas vraiment ce qu'on appelle une lumière, dit Agnès.

— C'est vrai, il est loin d'être une bulle, renchérit John.

— Une bolle, John, pas une bulle.

La directrice regarde Notdog:

— Et ton chien, Jocelyne, il pourrait peut-être nous aider?

— Notdog est un as détective, mais j'ai peur qu'il ne puisse pas faire grand-chose. Il faudrait qu'il ait une piste quelconque à suivre.

Mme Ducamp réfléchit:

— Je comprends le premier indice: *Il faudra d'abord vous rendre à l'Insecte Sauteur.* Ça, c'est ici: l'insecte sauteur, c'est une puce, donc, le Camp Puces.

Elle se lève:

— Je vais faire préparer le nécessaire

pour une expédition. Habillez-vous chaudement. Nous partons dans une heure à la chasse au trésor. À mon âge! Cinquante ans! Je vais m'en souvenir de celle-là!

***

Le soleil est au rendez-vous, mais il est accompagné d'un vent du nord-ouest qui rappelle l'hiver qu'on croyait fini. Dans leur chambre, les inséparables se préparent. Agnès enfile un gros chandail de laine blanc, tricoté en Irlande:

— Tout indique que Bob est notre voleur; mais si ce n'était pas lui? L'été dernier, on a eu l'occasion de constater qu'il ne faut pas se fier aux apparences...

Jocelyne passe un pantalon doublé hérité de sa mère:

— Dans ce cas-ci, comme il y a un trésor en jeu, c'est tentant pour tout le monde. En commençant par la directrice. Et si c'était elle qui nous avait volés? Elle nous amènerait en expédition juste pour nous écarter et pour être certaine que personne ne lui volerait le trésor. Puis elle nous perdrait dans les bois et c'est Notdog qui nous sauverait, éloignant les loups et les ours affamés et...

— Hé! ho! Calme ton imagination un peu! Tu te racontes des histoires de peur, là! Et puis Mme Ducamp ne savait pas qu'on avait la deuxième lettre, dit Agnès.

— Moi, je pense que la Mme Pizza toute garnie pourrait très bien avoir volé la lettre de la directrice, lance John en entrant.

— Tu es habillé comme un oignon! Tu vas crever de chaleur! Tu as mis combien de chandails? demande Jocelyne.

— Cinq. Tu crois que c'est trop? Ce que je disais, c'est que la médium aurait pu décider que l'héritage serait à elle et emporter la lettre qui traînait là, en partant. Elle avait juste à faire semblant qu'elle avait oublié quelque chose dans la salle à manger. Ç'aurait été facile pour elle de trouver l'emplacement, avec son pouvoir de gérance.

— De voyance, tu veux dire, pas de gérance. Ce n'est pas bête, ton idée, dit Agnès.

— Et le notaire? Après avoir apporté le testament à la directrice, il est peut-être reparti avec la lettre, lui aussi, en donnant la même excuse. Un trésor, ça soulagerait peut-être un peu sa tristesse.

Il a l'air tellement malheureux, observe Jocelyne.

— C'est possible. Mais ni Mme Pizza ni le notaire n'ont pu nous voler notre lettre à nous, car ils n'étaient pas au courant qu'on l'avait. Il n'y a que Bob qui est entré ici, dit Agnès en chaussant ses bottes de caoutchouc.

La voix de Mme Ducamp leur parvient du dehors:

— Vous êtes prêts?

Les trois inséparables ramassent leurs gants et leurs impers. Ils sortent en vitesse, suivis de Notdog qui saute partout, heureux d'aller se dégourdir les pattes.

— Par où on commence? demande John.

La directrice hésite:

— Euh! je ne sais pas. J'ai oublié les indices. Tous les indices. Vous vous en souvenez, j'espère?

— Bien, non, pas vraiment, dit John.

— Je ne les ai pas appris par coeur, ajoute Agnès.

Et tout le monde se tourne vers Jocelyne.

***

Pendant ce temps, caché dans une grange et calé dans le foin, Bob Les Oreilles Bigras s'arrache les cheveux.

— C'est quoi, ça, un insecte sauteur? Une sauterelle? Une mouche noire qui a perdu une aile? Ou bedon un maringouin-kangourou?

Il mord dans un beigne à l'érable qu'il vient juste de voler. Plein de miettes sucrées tombent sur lui.

— *Marcher est très bon pour la santé.* Ça, c'est elle qui le dit. Moi, ça me donne des crampes aux orteils. *Même si on voyage en tempête.* Faut être nono pour sortir dans ce temps-là. Entécas.

Il lèche ses doigts collants de glaçage.

— *Surtout qu'à un moment donné, on pourra récupérer.* Ouan. M'a dire comme on dit, ça veut rien dire pantoute.

Il se cure les dents avec l'ongle de son petit doigt.

— *Une fois bien reposé, on prend les choses à coeur.* Moi, je pense que c'est écoeurant de niaiser le monde de même. *Et on suit le chemin du travail.* Travailler? Moi? Jamais!

Il se gratte le fond des oreilles.

— *À l'étape, j'en mangerais bien un*

biscuit. Hi-hi-hi! Ça doit être dans un Rest-Oréo. Hi-hi-hi! Bon. *Mais je devrai me contenter de l'eau.* J'aimerais mieux une bière d'épinette.

Il se gratte en dessous des bras.

— *Vous serez alors au courant mais devrez aller jusqu'au bout de la corde.* Aussi bien se pendre avec sa corde que d'essayer de comprendre son chinois. *Puis la première étoile piquera votre curiosité.* Bon, on tombe dans la poésie, astheure. J'aime mieux piquer des beignes.

Il se mouche dans la manche de son chandail.

— *Et c'est le castor qui révélera mon trésor.* Pour moi, il est tout en pièces de cinq cennes, son trésor.

Il replie la lettre et la met dans une poche de son blouson en jean, sur lequel il essuie ses doigts.

— Ouan, ça me donne mal à la tête, ces niaiseries-là. Je comprends rien. Va falloir que je trouve un autre moyen.

Il s'étend dans le foin et rote un peu.

Mais il n'est pas tout seul à se creuser les méninges. Ils sont plusieurs à le faire, ici au Camp Puces et ailleurs.

Chapitre VI

Qui va à la chasse
a de la misère
à trouver sa place

Dans la cour du Camp Puces, la pression qui pèse sur les épaules de Jocelyne est énorme. Oui, elle a lu les indices plusieurs fois la veille. Oui, elle les connaît par coeur. Mais pressée de questions, elle oublie tout. C'est comme si la mémoire, la parole et l'intelligence l'avaient quittée. De les voir tous agglutinés autour d'elle à lui demander et redemander de se souvenir, cela la fait paniquer.

Mme Ducamp s'impatiente:

— Écoute, Jocelyne, il faut que tu t'en

souviennes! Sinon je perdrai mon héritage à cause de toi!

Agnès se fâche et s'interpose:

— Vous n'aviez qu'à vous en souvenir vous-même! Laissez-la tranquille.

Elle attire son amie un peu à l'écart et s'assoit avec elle sur une balançoire. Jocelyne a les larmes aux yeux:

— Je ne m'en souviendrai jamais! Je ne suis pas capable!

— Écoute, Jocelyne. Ce n'est pas grave. Malgré ce que dit Mme Ducamp, on n'est pas pressés. Bob Les Oreilles, à mon avis, il ne sait pas lire. On peut remettre l'expédition à demain, si tu veux. Ou même à un autre jour. Tout le temps que ça prendra pour que ça te revienne.

— Et si ça ne me revient jamais? demande Jocelyne.

— Alors peut-être que le trésor ne sera jamais découvert. Et après? Dans le fond, j'aime peut-être mieux les trésors cachés que découverts.

— Un trésor découvert, ce n'est plus un mystère. C'est vrai, soupire Jocelyne.

En attendant les développements, John joue avec Notdog. Il lui lance un bout de bois et Notdog l'attrape au vol en sautant bien haut. John crie à Jocelyne:

— Wôw! L'as-tu vu sauter?

Agnès remarque:

— Tiens, John n'a pas fait de fautes. Peut-être que son français s'améliore enfin. Je me serais attendue à ce qu'il dise quelque chose comme: «L'as-tu vu santé?»

Jocelyne sursaute:

— Santé! C'est ça, santé. Agnès, je m'en souviens maintenant. Le deuxième indice c'est: *Marcher est très bon pour la santé, même si on voyage en tempête.*

— Allons-y.

Les deux filles vont rejoindre Mme Ducamp qui lance un grand cri de soulagement et demande à Jocelyne de l'excuser de s'être emportée. Jocelyne saute au cou de John, étonné de cette tendresse soudaine, en lui disant qu'il est génial. Et maintenant qu'on connaît l'indice deux, il faut trouver ce que ça signifie.

— Ça ne peut être autre chose que le chemin à prendre, observe Agnès, logique.

Il y en a quatre qui partent du Camp Puces. La directrice les énumère:

— Le chemin des Bûcherons, la montée Poliquin, le chemin Hurle-Vent et le rang des Lilas.

John fait ses déductions:

— Ni les bûcherons, ni les lilas, ni le nom Poliquin n'ont de rapport avec la tempête. Hurle-Vent, oui. C'est donc ce chemin-là qu'il faut prendre.

— Je l'ai dit tantôt, il est génial, conclut Jocelyne.

Et c'est un départ.

Le chemin Hurle-Vent est une route où on trouve plusieurs maisons assez éloignées les unes des autres. La plupart font office de maisons de campagne pour citadins. Et quelques-unes sont de petites fermes où on élève une vache, un cheval, trois poules...

Les champs sont balayés par les vents violents de l'hiver qui font tourbillonner la neige — d'où le nom —, ce qui cause le grand déplaisir des automobilistes, mais le grand bonheur des enfants.

Notdog précède la troupe et, çà et là, un chien de garde jappe. Mais comme ces chiens sont tous attachés solidement, Notdog prend des allures de brave. Les inséparables et Mme Ducamp avancent d'un bon pas. Il fait froid, mais le soleil du printemps les réchauffe un peu. Un geai bleu vole un instant devant eux. La directrice s'arrête et fait un effort pour parler calmement:

— Je ne veux pas te brusquer, Jocelyne. Mais je me pose une question: «Le chemin Hurle-Vent doit avoir un bon quinze kilomètres, alors jusqu'où on va, comme ça?»

Sûre d'elle, Jocelyne répond:

— Je me souviens très bien de l'indice trois: *Surtout qu'à un moment donné, on pourra récupérer.* On ne marchera donc pas quinze kilomètres.

Mais ils en marcheront quand même quatre. Sans rien voir qui ressemble à un banc, à une table de pique-nique ou à un semblant d'aire de repos où effectivement ils pourraient récupérer. À un tournant du chemin, Agnès aperçoit deux grosses masses vert pomme.

— Qu'est-ce que c'est? demande-t-elle à Mme Ducamp.

— Ah! nous aussi, dans la région, on prend le tournant écologique; ce sont des cloches de récupération pour le papier et le verre.

Elle s'interrompt soudain. Et les inséparables s'immobilisent. Ils ont compris en même temps.

— Mais oui! Des cloches à récupérer! C'est sûrement là qu'on s'arrête, s'exclame Agnès.

Et une fois sur place, après une heure et demie de route, toute la troupe a en effet besoin de récupérer. Pas du papier, mais ses forces, cette fois-ci.

***

Mme Ducamp sort de son sac à dos des brioches aux raisins et des friandises aux graines de sésame. Même si Jocelyne est affamée, elle se contente des graines de sésame et elle donne sa belle brioche molle à Notdog qui n'en fait qu'une bouchée.

Agnès sort son crayon et le papier sur lequel elle note les indices que Jocelyne donne à mesure que la troupe avance et que son amie s'en souvient. Le crayon en l'air:

— Alors, au suivant.

— Euh!... Je ne m'en souviens pas.

C'est la consternation. La directrice vire au blanc et manque de perdre connaissance. Jocelyne se met à rire:

— Mais oui, je m'en souviens! Je voulais juste vous faire une blague. L'indice quatre, c'est: *Une fois bien reposé, on prend les choses à cœur.*

Il y a deux chemins qui partent d'où ils sont. À gauche, le chemin du Loup. À droite, le rang Carron.

— Je dois dire que je ne vois aucun rapport entre le cœur, le loup et le nom Carron, avoue John.

— On n'y arrivera jamais, se décourage déjà Mme Ducamp.

Jocelyne cherche:

— Le chemin du cœur, c'est le chemin du sentiment, de la joie, de la peine, euh! de l'amour aussi. Non, ça ne va pas. Pourtant, je sens qu'on brûle.

Agnès se concentre:

— Le cœur, le cœur qui bat, la poitrine.

Jocelyne se touche:

— Le cœur est là, à gauche... Mais oui! Le cœur est à gauche! Donc, on prend la gauche, le chemin du Loup.

— Vraiment, ma tante Bernadette, tu aurais pu m'éviter ça, ronchonne la directrice.

Et tout le monde vire à gauche.

Le chemin pénètre rapidement dans

les bois. Et ils n'ont pas marché plus de dix minutes qu'ils arrivent à une fourche.

Jocelyne déclame, comme s'il s'agissait d'une réplique de théâtre:

— *Et on suit le chemin du travail,* indice cinq.

Sauf qu'il n'y a pas de noms, pas de pancartes, aucun signe particulier qui ait un lien même très lointain avec le travail.

Sous leurs pieds, un chemin de terre avec des pierres assez grosses pour qu'on puisse s'asseoir dessus et des pousses d'arbres qui bourgeonnent déjà. Dans un fossé, quelques tas de neige qui seront fondus dans une semaine. Et tout autour d'eux, des sapins touffus, surtout massés à gauche. Alors qu'à droite dominent de très hauts bouleaux blancs.

Agnès ramasse un morceau d'écorce par terre et s'appuie sur une roche:

— Ce n'est pas évident.

Les autres font signe que non.

— Réfléchissons. Il doit y avoir un signe. Travail, travail, travail. À quoi ça vous fait penser? demande-t-elle.

— À l'école, répond John.

— Euh! à manger des légumes... Pour moi, c'est un travail, avoue Jocelyne.

— Ah bon! Tu dois être malheureuse au camp, d'abord, remarque la directrice.

— Non! Non! C'est juste les légumes... et le riz aussi... et la choucroute... et...

— On n'arrivera à rien à parler de menu, s'énerve Agnès.

— C'est vrai, s'excuse Jocelyne.

— Alors, comme disent les Français, on se remet au boulot, décide Agnès.

Dans la tête de Jocelyne, le déclic se fait. Elle court embrasser Agnès:

— Maintenant, c'est toi qui es géniale! Regardez: un chemin bordé de sapins, un chemin bordé de bouleaux. Boulot égale travail. On prend le chemin des bouleaux.

Épatés d'eux-mêmes, ils se remettent vite en branle. Et ils sont tellement excités d'avoir résolu cette énigme que personne ne remarque les traces fraîches. Des traces qui remontent à dix minutes tout au plus. Personne, sauf Notdog qui s'y attarde. Jocelyne l'appelle plusieurs fois:

— Qu'est-ce qu'il y a? Tu ne veux plus venir?

Il hésite.

— Allez, mon chien, viens! On n'a pas de temps à perdre.

Sans enthousiasme, Notdog reprend la

route. Et le vent qui souffle dans sa face ne lui permet pas de sentir la présence pourtant malodorante qui les suit.

Le chemin qu'ils suivent pendant près d'une demi-heure est boueux et très étroit. À certains endroits, il disparaît même sous des touffes d'herbes mortes. Dans le ciel, c'est le soleil qui disparaît souvent derrière les branches nues des grands arbres qui les enserrent.

Il fait froid. Jocelyne a les joues rouges, Agnès, le chandail remonté par-dessus le nez. La directrice souffle dans ses mains et Notdog a le poil autour du nez tout plein de gouttes d'eau glacées. Il n'y a que John qui sue sous ses cinq chandails.

À l'étape, j'en mangerais bien un biscuit. Indice six. *Mais je devrai me contenter de l'eau.* Indice sept. Ils arrivent à une clairière au milieu des bouleaux. Elle est bordée d'épinettes et de pins cette fois, de hêtres aussi, de quelques ormes, d'un bel érable et d'un gros chêne.

— Je mettrais ma main au feu que c'est ici, le pape, dit John.

— L'étape, John, pas le pape. Ça m'en a tout l'air, en effet. C'est un endroit idéal pour une pause, acquiesce Agnès.

Jocelyne s'installe sur une grosse branche de pin. John fouille dans le sac à provisions. Mme Ducamp fait le tour de la clairière et Agnès va s'asseoir au pied de l'érable. Juste à côté d'elle coule un ruisseau gonflé par la fonte des neiges. Elle y plonge les mains et boit son eau désaltérante, mais glacée. Elle réfléchit:

«Quel rapport avec les biscuits? Décidément, Bernadette Lague a dû s'amuser en composant ses indices.»

Elle ramasse une feuille d'érable tombée de l'automne passé et en fait tourner la tige entre ses doigts gantés. Elle en ramasse une autre, plus petite. La feuille est découpée parfaitement, avec ses trois pointes, ses nervures. «Comme un biscuit en forme de feuille d'érable», pense-t-elle. Elle regarde le ruisseau. *Mais je devrai me contenter de l'eau.* Elle saute sur ses pieds et se met à crier:

— John! Jocelyne! Madame Ducamp! Venez, j'ai trouvé! C'est bien ici, l'étape.

Elle explique sa déduction, que personne ne met en doute. Et ils repartent tout de go, longeant le ruisseau.

Pendant le trajet, Jocelyne formule l'indice numéro huit: *Vous serez alors au courant mais devrez aller jusqu'au bout de la corde.*

Mme Ducamp marmonne:

— Je vais lui en faire, moi, une corde. C'est ça que je vais aller mettre sur sa tombe au lieu des fleurs.

Ils arrivent très vite à un lac. Un beau lac dont les rives sont inhabitées. Le soleil fait briller les vaguelettes soulevées par le vent, et le bleu du ciel donne à l'eau une couleur de paradis.

Des collines couvertes de sapins entourent le lac, et le paysage serait d'une grande beauté s'il n'y avait pas à l'horizon des pylônes qui gâchent la vue.

Un grand sourire apparaît sur le visage de Mme Ducamp:

— Enfin! Je commençais à être gênée parce que c'est toujours vous autres qui avez déchiffré les indices. Vous comprenez, on vient qu'on se sent mal à l'aise, et ma fierté d'adulte était en train d'en prendre un coup. Mais cette fois-ci, j'ai compris.

Les inséparables lèvent des yeux interrogateurs. Elle explique:

— Être au courant, c'est savoir. Donc, on sait qu'on est ici.

Les inséparables ne disent pas un mot.

— Si on sait qu'on est ici, on n'est pas loin, vous comprenez?

Ils font signe que non.

— Oui. Bon. Moi non plus. Je ne sais plus. D'accord, je me suis trompée. Ça arrive! C'est trop idiot. On va rester bloqués ici, si près du but. À l'indice huit!

La directrice a soudain les yeux pleins d'eau. Agnès lui prend les mains doucement, essaie de la consoler:

— Jusqu'à maintenant on a toujours trouvé. Calmez-vous, là. On va réfléchir.

Jocelyne regarde au loin, comme si l'horizon pouvait l'aider. John a enlevé ses lunettes et se frotte les yeux, comme s'il pensait mieux ainsi. Jocelyne plisse les yeux pour mieux voir les détails des pylônes au loin.

— Le mot *courant,* ça veut dire aussi électricité, non? demande-t-elle.

John suit son regard:

— Et les pilotes transportent l'électricité.

— Les pylônes, John, pas les pilotes! Les pylônes, bien sûr! Ça ne peut être que ça. On les suit alors.

Mme Ducamp s'essuie les yeux:

— Félicitations! Vraiment...

Ils marchent quelques minutes et ils arrivent à une corde de bois bien alignée.

— Pour une fois, c'est facile. *Le bout de la corde,* c'est ici, c'est sûr. Et ensuite? demande John.

— Il ne reste que deux indices. Le neuvième: *Puis la première étoile piquera votre curiosité,* dit Jocelyne.

Agnès a maintenant l'esprit bien exercé à déchiffrer les indices; tout lui semble très clair. Elle explique donc:

— La première étoile qui apparaît le soir, c'est l'étoile Polaire.

— Et l'étoile Polaire, c'est l'étoile du nord. Il faut aller vers le nord. Mais où est le nord? demande John.

C'est ici que Mme Ducamp, muette depuis les pylônes, intervient:

— J'ai apporté une boussole! Quand on part en expédition, il faut toujours en avoir une avec soi.

Elle la sort de son sac. Et ils repartent dans la direction que pointe l'aiguille. En fait, on suit la rive du lac.

Dix minutes plus tard, John s'écrie:

— Attention! Il y a un nid de crêpes!
Agnès s'immobilise:

— De guêpes, John, pas de crêpes!

— Vous croyez que c'est ça que Bernadette Lague voulait dire par *piquera votre curiosité?* demande Jocelyne.

— Si c'est ça, on est alors tout près du trésor, conclut Agnès.

Ils attendent tous fébrilement de Jocelyne le dernier indice. Elle regarde autour, s'examine les ongles, essuie de la boue collée sur sa manche droite. Ensuite, elle replace le col de son manteau. Agnès se fâche presque:

— Écoute, arrête tes simagrées. D'après moi, tu t'en souviens très bien et tu veux juste nous faire languir.

— Tu crois?

— Oh oui! Même que je n'en reviens pas de ta mémoire! Tu t'es souvenue de tout!

Flattée, Jocelyne décide de ne pas les faire attendre plus longtemps:

— O.K. Je vais être fine avec vous.

Elle pointe le lac un peu plus haut:

— Le trésor est là!

La directrice, pressée de trouver son héritage, s'écrie:

— Où ça, là? Je ne vois rien.

— *Et c'est le castor qui révélera mon*

trésor. Vous voyez là? Le monticule de branches? leur montre Jocelyne.

— Une cabane de castor! Il est là-dedans, allons-y vite, propose Agnès.

Ils accourent. Mais une fois sur place, ce n'est pas un castor qu'ils rencontrent, mais un ours. Un ours affamé à cause de ses longs mois de jeûne.

Chapitre VII
La belle et l'air bête

L'ours les a vus. Un bel ours noir au poil épais. Qu'on aurait le goût de prendre dans ses bras et de caresser. Mais qui s'avance vers eux, le nez en l'air, humant des odeurs qui semblent l'attirer.

Agnès reste paralysée. «Surtout ne pas courir. Il pourrait courir après nous. Ne pas l'effrayer. Les ours attaquent rarement les humains, mais ils sont imprévisibles. Avec un peu de chance, il va s'en aller», pense-t-elle, pas du tout convaincue.

John retient son souffle. «Faire le mort, il me semble que c'est ça qu'il faut faire, ne pas bouger. Et surtout ne pas aller se réfugier dans un arbre, car les ours sont des super grimpeurs», se souvient-il de ce que son père lui a enseigné.

Mme Ducamp fixe l'animal d'un regard affolé. «Les gâteaux et les biscuits dans mon sac, c'est ça qu'il doit sentir, il va sauter sur moi, je le sens», se dit-elle.

«Il doit avoir faim, ça fait six mois qu'il n'a pas mangé. Celui-là n'a pas l'air très gros, mais il doit peser presque cent kilos. Qu'est-ce qu'on va faire?», se demande Jocelyne qui tente un pas de côté.

Mais l'ours s'approche d'elle.

«Oh! oh! Jocelyne est en danger! À moi de jouer!», pense Notdog qui bondit alors vers l'ours en jappant le plus fort qu'il peut.

Horrifiée et prise de panique devant le risque que court son chien, Jocelyne se met à hurler:

— Notdog! Viens ici! Notdog! Non! Tu vas te faire tuer! Sauve-toi, Notdog!

Mais Notdog se met déjà à tournoyer autour de l'ours en jappant sans arrêt. L'effet est immédiat: l'ours se détourne de Jocelyne et se lève sur ses pattes de derrière, de mauvaise humeur.

Notdog continue sa provocation de plus belle et montre les crocs. «Allez, mon gros-maigre, cours après moi maintenant!

Et attrape-moi si t'es capable», semble-t-il japper à l'ours.

L'ours, trouvant tout à fait désagréable cette espèce de petit paquet de nerfs jaune au long nez, essaie de s'en débarrasser d'un coup de grosse patte avant. Mais Notdog recule, très vif, sans pourtant abandonner son entreprise de sauvetage.

Il talonne l'ours, s'approchant le plus près possible, jappant, grognant, puis s'éloignant. Excédé, l'ours décide de lui régler son affaire et le prend en chasse. Notdog s'élance dans la forêt, l'ours à ses trousses.

Jocelyne pleure en criant:

— Notdog! Notdog, reviens!

Elle veut le suivre, mais Mme Ducamp la retient:

— Si ton chien est agile, il va s'en sortir.

— Oui, mais ça court vite, un ours! Ça peut faire du cinquante kilomètres à l'heure! Pas Notdog!

Mme Ducamp ne sait pas quoi dire.

— Il va se faire tuer! Notdog! Mon chien! crie Jocelyne entre deux sanglots.

Agnès s'approche, essaie tant bien que mal d'être convaincante:

— Il va revenir, c'est un fin finaud, Notdog. Il va le déjouer, tu vas voir. Il va même l'épuiser, je suis sûre. Et tu peux être fière de lui: il nous a sauvé la vie probablement. Veux-tu un kleenex?

C'est alors qu'une voix se fait entendre derrière eux:

— Jamais je n'aurais pensé que mon parfum au miel aurait tant d'effet sur un ours...

John, Jocelyne, Agnès et Mme Ducamp se retournent vivement. Mme Pizza est là, un revolver à la main.

— Ma chère médium! mais qu'est-ce

que c'est que ce revolver? demande la directrice, incrédule.

— C'est un vrai. Et je n'hésiterai pas à m'en servir si vous n'allez pas sagement près de ces arbres, là. Et toi, les broches, tu vas attacher tout le monde.

Elle tend des cordes à Agnès qui exécute sa tâche répugnante sous la surveillance constante de la médium, qui attache Agnès à son tour.

— J'étais sur le point d'abattre cet ours quand je vous ai entendus venir. Le sauvetage par l'horrible chien était touchant. Je ne donne pas cher de sa vie.

Jocelyne pleure de plus belle.

— Je ne comprends pas, dit Mme Ducamp.

Mme Pizza sourit méchamment:

— Ah non? C'est pourtant simple. Il y a un trésor, et je veux ce trésor. Voyez-vous, j'en ai assez de parler avec les esprits. Enfin, c'est ce que j'ai fait croire à tout le monde. Et, ma foi, je suis assez fière de mes performances. Elles sont tout à fait convaincantes, n'est-ce pas?

— C'était du théâtre? s'indigne la directrice.

— Que voulez-vous que ce soit? Les

morts sont bien là où ils sont et ne reviennent jamais nous visiter! Parler avec les morts! Non, mais faut vraiment être complètement insignifiants pour croire à ça!

— Et toutes nos séances? Les coups, le vent de l'autre soir..., dit Mme Ducamp dans un souffle.

— Du bluff! C'est très facile de berner les gens qui veulent croire... Et les coups! C'était moi, sous la table. Ça ne paraît jamais. Et le vent qui soulève les rideaux? Eh bien! j'ai été chanceuse, il s'est levé tout seul, comme ça arrive souvent à la tombée de la nuit. Vous devriez le savoir.

Blessée, roulée et maintenant volée, la directrice se tait.

— Mais comment avez-vous su qu'il y avait deux testaments comme vous l'avez écrit sur les feuilles, pendant la séance? demande Agnès.

— Oh! je peux quand même me vanter d'un certain don de voyance. J'ai toujours été comme ça, d'ailleurs. Je suis très sensible aux ondes, aux présences et aux gens. Et je peux même lire dans leurs pensées, parfois. Mais je ne sais pas du tout comment je fais ça. Quelqu'un autour de la table devait être au courant qu'il y avait deux testaments.

— Ça n'a rien à voir avec les esprits, murmure Mme Ducamp.

La médium continue:

— Exactement, ma chère. C'est un peu mystérieux, bien sûr, mais il n'y a rien de surnaturel là-dedans. Et ce n'est pas tout: je suis très intelligente aussi. J'ai tout compris des indices de la lettre que je vous ai dérobée, madame. Je suis même arrivée ici avant vous. Et sans cet ours, j'aurais déjà votre héritage entre les mains. Je disparaîtrai et vous ne me retrouverez jamais. Je vais me volatiliser, comme un esprit. Bon, assez de temps perdu.

Elle se rend près de la maison abandonnée des castors et elle commence à chercher. Elle grimpe et saute dessus, donne des coups de pied, essaie de faire un trou avec ses talons: rien ne cède. La construction est solide comme du ciment.

Mme Pizza perd l'équilibre et tombe en glissant. Elle remonte, à genoux cette fois. Et au sommet du monticule, elle aperçoit, aux trois quarts dissimulé sous des branches détachées, le trou d'aération de la cabane.

Les mains tremblantes, elle le dégage

complètement. À l'intérieur, il y a bel et bien un coffret. Elle le tire de là et l'apporte près des prisonniers:

— Vous aurez au moins la consolation de jeter un coup d'oeil sur ce que vous perdez.

Elle caresse le coffret et, à l'instant où elle va tourner la clé qui dépasse de la serrure, une autre voix retentit. Une voix qui semble venir de partout, une voix d'outre-tombe.

— Ne touche pas à ce coffret!

Mme Pizza se retourne, mais ne voit rien ni personne. La voix reprend:

— Laisse tomber le coffret, voleuse! Et plus vite que ça!

La médium, inquiète, le dépose à ses pieds.

— Alors, on ne croit pas aux esprits?

— Je, je... qui est là?

La voix résonne:

— Je suis le compagnon de Bernadette Lague, son compagnon au paradis. Je suis mort, je suis un esprit. Et je viens pour faire justice!

La médium pince ses lèvres rouges:

— Écoutez, si c'est une farce, je ne la trouve pas drôle!

Un éclat de rire glacial leur parvient en écho. Mme Pizza commence à avoir peur. Elle sort le revolver qu'elle avait remis dans sa poche.

— Bon, je ne sais pas qui vous êtes, mais on peut partager.

— Quoi? Jamais! Je viens faire justice! Si tu fais un seul geste, tu seras emportée par l'onde et jamais tu ne reviendras flâner parmi les vivants.

La main de Mme Pizza tremble. La voix reprend, encore plus menaçante:

— Laisse tomber ton arme, criminelle! Sinon, tu seras condamnée au bain d'eau glacée pour l'éternité!

Mme Ducamp observe la scène, abasourdie. Jocelyne ne pense qu'à Notdog qui n'est toujours pas revenu. John et Agnès retiennent leur fou rire. Mme Pizza est maintenant complètement effrayée. Elle lance son revolver par terre:

— Ce... ce n'est pas un vrai..., c'est un jouet. Je... je m'en vais. Je laisse le coffret là..., je vais libérer tout le monde et...

La voix se fait encore plus dure:

— Non. Tu vas à cet arbre, là, à côté de la femme. Tu te retournes et tu ne bouges pas.

Mme Pizza obéit. Elle sent qu'on lui attache les mains. John et Agnès éclatent de rire, et c'est Agnès qui lance:

— O.K. Bob Les Oreilles Bigras, on t'a reconnu! Bien joué!

Et Bob s'avance fièrement, un vieux journal roulé lui servant de porte-voix à la main:

— Pas pire, han, pour un gars qui a pas d'éducation? Demain matin, j'vais vous jouer Shakespaspire.

— Shakespeare, Bob, pas Shakespaspire, le reprend John, avec fierté.

— Viens nous détacher maintenant, je commence à avoir mal aux poignets, demande Agnès.

Mais ce n'est évidemment pas dans les intentions de Bob.

— Vous détacher? Tu rêves en carreauté, ma belle. Je remercie Mme Pizza de s'être occupée de vous. Moi, j'ai été plus fin que vous tous: je n'ai eu qu'à vous suivre et à vous cueillir.

Il s'approche, ramasse le revolver:

— Un jouet! Ouan ben, les supposés détectives, vous avez été bien roulés.

Il se tourne vers la médium qui le regarde, des fusils dans les yeux:

— «J'étais sur le point d'abattre l'ours...» Ben tiens! Avec un jouet! T'as été chanceuse qu'ils arrivent, sans ça il t'aurait arrangé le portrait, l'ours! Non, mais se mettre du parfum au miel pour venir en forêt. Faut être vraiment tarte! Pis ça se dit intelligente! Les esprits, non mais franchement! Ça existe pas, tu le sais bien!

Il se tourne maintenant vers le coffret:

— Par contre, ça, c'est un vrai coffre et dedans il y a un vrai trésor. Pour Bob Les Oreilles tout seul.

— Tu es en train de purger une peine de travaux, Bob. Ça va te coûter cher quand la juge va apprendre que tu nous tiens prisonniers, dit Agnès pour le faire changer d'idée.

— Qui ça? Moi? Je te ferais remarquer, le microbe, que c'est pas moi qui vous ai attachés.

— Tu voles le coffret, lui crie Jocelyne.

— Qui ça? Moi? Voyons donc. J'ai une belle lettre ici qui dit: *À qui trouvera cette lettre...* Le trésor appartient à la personne qui a cette lettre entre les mains. Lettre que vous avez évidemment laissée traîner. Mais faut pas avoir peur. Bob va être généreux avec vous autres: je vais vous envoyer de l'aide. Une fois que je serai loin, bien entendu.

— Tu n'es rien qu'un bistro! s'écrie John.

— Un quoi?

Agnès ne peut s'empêcher de préciser:

— Il veut dire un escroc, Bob.

Bob se penche, ramasse le coffret avec précaution:

— Mais non, mais non. Je suis pas un escroc. Je suis celui qui gagne, cette fois-ci. Ça fait assez longtemps que vous êtes en travers de mon chemin, les microbes. Ici, y a rien ni personne qui va venir m'arrêter. Vous avez perdu! Vous entendez? Perdu!

Bob dépose le coffret devant les captifs. Il tourne la petite clé qui fait clic! Il se frotte les mains en faisant durer le plaisir et le mystère. Il murmure:

— *Plus précieux que l'or...*

Et il soulève le couvercle.

***

De prime abord, Bob est un peu déçu. Il s'attendait à trouver des diamants. Sur le satin qui couvre le fond de la boîte, il y a une enveloppe jaune à fleurs rouges.

Il sourit:

— C'est encore mieux, ce doit être un gros chèque au porteur.

Silence.

Il décachette l'enveloppe. Dedans, un papier plié en deux. Il le déplie. Il y a un message. Il lit tout haut:

— *Si les chiens jappent, que font les fourmis?*

Elles croondent.

Mais oui, les fourmis croondent!

Jocelyne, Agnès, John et Mme Ducamp éclatent de rire.

— Elle est bonne! Les fours micro-ondes! Les fourmis croondent! Hi-hi-hi! s'esclaffe Agnès.

Bob ne la trouve pas drôle du tout. Incrédule, il retourne le coffret dans tous les sens, soulève le satin. Il y découvre un autre papier plié en deux. En tremblant, il le déplie:

— Bon, voilà le vrai trésor.

Il lit:

Plus précieux que l'or, plus précieux que tous les trésors du monde, il y a le rire. Richissimes sont ceux et celles qui en ont le don et qui peuvent rire chaque jour. Trente secondes de rire à cause d'une blague, voilà donc mon précieux héritage!

Et je signe,

B. LAGUE

Les inséparables rient de plus belle devant la tête que fait Bob Les Oreilles Bigras. Se mêle à leur rire celui de Jessie D. Pression qui apparaît alors.

Il se dépêche d'aller libérer tout le monde, sauf Mme Pizza qu'il a bien l'intention d'aller livrer au chef de police et de faire accuser de menaces.

De dépit, Bob Les Oreilles se laisse tomber assis par terre.

En frottant ses poignets rougis, John dit au notaire:

— Merci beaucoup. Mais qu'est-ce que vous faites ici?

— Mme Ducamp, votre chère tante, ma cliente, m'avait expliqué son projet. Et ma foi, il ne s'agissait pas d'un héritage habituel, mais c'était amusant. Il est si rare qu'on s'amuse quand on est notaire... Elle m'a même mis à contribution. C'est moi qui ai placé le coffret, sur les indications de Bernadette Lague ou de B.LAGUE, comme elle signe.

— C'est bien ce que je disais: morte,

elle est encore plus maniganceuse que vivante, rouspète la directrice, soulagée, mais déçue de ne pas être devenue riche.

— Elle vous a fait rire, non? Alors! Voyez-vous, c'est ça qui était le plus important pour elle. Je crois que c'est pour ça d'ailleurs qu'elle a vécu jusqu'à cent ans. Le rire conserve.

— Si vous êtes parmi nous, c'est que vous vous attendiez à nous trouver ici. Mais je ne comprends pas très bien, dit Agnès.

— D'abord, j'ai su tout de suite que vous aviez la deuxième lettre. Quand je suis arrivé, hier, je l'ai vue qui dépassait de la poche de ton manteau, Jocelyne, c'est bien ton nom?

Mais Jocelyne ne répond que par un petit signe de tête distrait. Elle écoute plutôt les bruits de la forêt.

Le notaire poursuit:

— Puis, quand vous, chère Mme Ducamp, m'avez dit que les deux lettres avaient été volées, je suis arrivé tout de suite. Je savais que vous et les voleurs vous mettriez en chasse aujourd'hui. Et je voulais voir la tête de la personne qui ouvrirait le coffre. Je vous l'ai dit, c'est si rare que je m'amuse. Mais j'ai aussi pensé que vous étiez en danger. On ne sait jamais avec les voleurs. Heureusement, il n'est rien arrivé de fâcheux, dit-il en regardant sévèrement Mme Pizza qui détourne les yeux.

— Et Notdog qui a trouvé l'enveloppe? demande John.

— Un pur hasard, fort heureux d'ailleurs, car pour une fois, il a vraiment bien fait les choses.

Jocelyne s'éloigne un peu dans la direction qu'a prise son chien. Dans son coin, Bob Les Oreilles Bigras renifle. Il a les yeux pleins d'eau.

— Pour une fois que j'avais gagné, snif, pour une fois...

Agnès s'approche de lui:

— Ne t'en fais pas, Bob, l'occasion va sûrement se présenter de nouveau. Je suis sûre et certaine que nos chemins vont se croiser encore.

— C'est ça qui est le pire, snif.

C'est à moment-là que Notdog arrive en courant, haletant, épuisé, la langue lui traînant presque à terre. Jocelyne le prend dans ses bras et essuie ses larmes dans son poil rêche.

Épilogue
Le mot de la fin

Le lendemain matin, au Camp Puces, tout est revenu à la normale. Le petit chialeux est malade, il a mangé trop de *marshmallow*. Il réclame sa mère et de la crème glacée.

Do Ré Mi et Fa ont organisé une chasse au trésor à laquelle tout le monde participe, sauf les inséparables. Ils en ont eu bien assez d'une. Une vraie, en plus.

Notdog est devenu la mascotte officielle du Camp et a été nommé Grand Puce en Chef. Dans une cérémonie émouvante, Mme Ducamp l'a décoré de l'Ordre de la Bravoure.

Bob Les Oreilles a été confiné à la corvée de patates. Il a promis juré craché sur sa moto qu'il serait sage et qu'on n'aurait rien à lui reprocher jusqu'à ce que ses cent heures de travail communautaire soient écoulées. Et comme il a déjà été amèrement puni, la directrice a accepté de ne pas rapporter ses écarts de conduite aux autorités.

Il est midi et demi. John, Agnès et Jocelyne finissent les hot-dogs relish-moutarde auxquels ils ont eu droit au lieu du turbot. Au grand bonheur de Jocelyne.

— Finalement, ce n'était pas une si mauvaise idée qu'a eue l'oncle Édouard de m'envoyer ici.

— Quand tu vas lui raconter toute l'histoire, avec les menaces et tout, je ne suis pas sûre qu'il va trouver que c'était une bonne idée, dit Agnès.

Là-dessus, la directrice arrive:

— Bien mangé?

Mais sans attendre les réponses, elle lève la tête en direction d'un bruit soudain: la voiture de Jessie D. Pression arrive dans un nuage de boue.

— Tiens? Une visite surprise?

Le notaire sort de l'auto en transportant une boîte en carton. Il entre dans la salle à manger et aperçoit le petit groupe. Il les rejoint et dépose sa boîte.

— Bonjour! Remis de vos émotions? Bon. Alors, Mme Ducamp, je vous apporte maintenant votre véritable héritage.

— Quoi?

— Ma cliente, votre tante, vous a laissé un petit quelque chose en plus. Que je ne devais vous remettre que lorsque vous auriez retrouvé le coffret dans la cabane de castor.

Jessie D. Pression ouvre la boîte.

— Bien sûr, il y a les meubles anciens qui garnissaient sa chambre.

— Ils seront bienvenus au camp, commente la directrice.

— Ensuite, il y a cette photo de son fiancé mort à la guerre, celle de 14-18, évidemment.

— Elle ne s'est jamais mariée, dit Mme Ducamp en prenant le portrait.

— Et enfin, cette poupée en plastique.

Il sort de la boîte une poupée dont les yeux se ferment et qui porte une immense robe en mousse jaune banane.

— Ah non! La poupée qu'elle gardait sur son lit! Ça, je n'en veux pas! C'est une horreur sans nom.

Jessie D. Pression toussote:

— À votre place, je la garderais.

— Bien, vous n'avez pas de goût, mon cher notaire.

— Ce n'est pas vraiment une question de goût...

— Si vous ne la reprenez pas, elle va prendre le bord des vidanges. C'est laid et ça ne vaut pas cinq cennes.

Le notaire insiste:

— Je vous conseille de la garder.

Il la lui tend, mais la directrice ne la prend pas.

Frappée par l'insistance du notaire, Agnès demande:

— Je peux la voir?

Elle la saisit:

— Elle est bien lourde...

Elle la retourne. Cousu sous la robe, il y a un petit sac de coton fermé par des boutons.

Mme Ducamp déboutonne le sac, et son contenu s'étale sur la table: un bracelet de diamants. Puis un collier d'émeraudes. Une broche en or sertie de rubis. Un pendentif en argent, orné de saphirs, qui s'ouvre pour y glisser deux photos. Un anneau d'or. Une médaille pieuse en bronze. De véritables pièces d'or.

Les rayons de soleil qui entrent par la fenêtre font briller toutes ces pierres précieuses. Mme Ducamp les caresse d'une main hésitante. Puis elle prend le pendentif:

— Voici pour toi, Jocelyne.

L'anneau en or:

— Voici pour toi, John.

Et la broche:

— Voici pour toi, Agnès.

La médaille pieuse:

— Et voici pour toi, Notdog. Ma tante Bernadette te la donnerait pour te protéger des ours.

Jocelyne ouvre le pendentif. Ses yeux se mouillent:

— Je vais mettre les photos de mes parents dedans.

— Et je vais même donner quelque chose à Bob Les Oreilles Bigras, continue la directrice.

— Quoi?! s'étonnent en choeur les inséparables qui trouvent qu'il ne mérite rien du tout.

Mme Ducamp éclate de rire:

— La poupée!

Une demi-heure plus tard, Agnès, John,

Jocelyne, Notdog et la directrice vont
faire une visite au cimetière.

Sur la tombe de Bernadette Lague,
ils déposent des fleurs. Ils se recueillent
quelques instants. Tout est silencieux.

En partant, ils ont pourtant l'impression d'entendre un grand éclat de rire.
Mais c'est peut-être juste le vent.

Table des matières

Achevé d'imprimer
sur les presses de Litho Acme inc.